BOISSERIE STALNER LAMBERT

FLOR DE LUNA

1 - SANTA MARIA CRISTINA

SCÉNARIO : PIERRE BOISSERIE ET ÉRIC STALNER
DESSIN : ÉRIC LAMBERT ET ÉRIC STALNER
COULEUR : BRUNO PRADELLE ET RÉMY LANGLOIS

Glénat

À Roland LOPEZ

Remerciements à Monsieur Vahé Gérard.

Fumer nuit gravement à la santé

www.glenat.com

Dépôt légal : mai 2007
ISBN : 978-2-7234-5858-0
Achevé d'imprimer en France en mai 2007 par Lesaffre

CHOISIR SON CIGARE EST UNE AFFAIRE TRÈS PERSONNELLE.
Flor de Luna
TOUT DÉPEND DE L'HEURE.
LE CIGARE DU SOIR EST UN DE CEUX QUE JE PRÉFÈRE. C'EST UNE PRÉSENCE QUI LIBÈRE LA PENSÉE.
J'EN PALPE TOUJOURS CINQ OU SIX AVANT DE FAIRE MON CHOIX. J'AIME SENTIR CE MOELLEUX SOUS MES DOIGTS.
UN CIGARE TROP SERRÉ, C'EST VRAIMENT DÉSAGRÉABLE...
POUR LA COUPE, RIEN DE TEL QUE LA GUILLOTINE.
LA COUPE EST FRANCHE, LIBÉRANT TOUS LES ARÔMES À LA COMBUSTION.
JE CHAUFFE TOUJOURS LE PIED AVANT DE LE PORTER EN BOUCHE.
J'APPROCHE LA FLAMME, ET JE RETIENS MON SOUFFLE...
IL FAUT QUE LE PIED SOIT UNIFORMÉMENT EMBRASÉ...
PUIS VIENT LA PREMIÈRE VOLUTE QUI ÉVEILLE LE PALAIS...
MAIS UN BON CIGARE NÉCESSITE AVANT TOUT UN BON FAUTEUIL.
ALORS, SEULEMENT, PEUT COMMENCER LE PLAISIR DE LA DÉGUSTATION...
1

GENÈVE, DE NOS JOURS...
LA SUISSE EST L'UN DES PAYS D'EUROPE OÙ LA VENTE DU TABAC NE PASSE PAS PAR UN MONOPOLE D'ÉTAT.
C'EST POURQUOI LES IMPORTATEURS INDÉPENDANTS DE CIGARES CUBAINS, LES **HABANOS**, VIENNENT S'INSTALLER ICI.
COMME MON PATRON, **CHARLES PORTER**, LE DERNIER NABAB DU CIGARE.
SES APPARTEMENTS SONT SITUÉS AU CŒUR DE LA VIEILLE VILLE.
C'EST DE LÀ QU'IL DIRIGE SON EMPIRE.
JE M'APPELLE **ANTOINE CHATEL**.
DEPUIS DEUX ANS, JE SUIS SON SECRÉTAIRE PARTICULIER.
MON TRAVAIL CONSISTE À ORGANISER SA VIE. À Y METTRE UN PEU D'ORDRE...
2

AUJOURD'HUI, JE VENAIS POUR TUER CHARLES PORTER.
MAIS QUELQU'UN A ÉTÉ PLUS RAPIDE QUE MOI...
CE CIGARE EST UNE MERVEILLE ! LES CORONAS DE **FLOR DE LUNA** SONT RAREMENT AUSSI RICHES ET ONCTUEUX...

TOUT A ÉTÉ RETOURNÉ, MAIS JE SUIS SÛR QU'ILS N'ONT PAS TROUVÉ CE QU'ILS CHERCHAIENT.
DE VRAIS SAGOUINS QUI NE PRENNENT MÊME PAS SOIN DES LIVRES...
ILS ONT CRU QUE TOUT ÉTAIT LÀ, AU VU ET AU SU DE TOUS !
C'ÉTAIT BIEN MAL CONNAÎTRE CE VIEUX CHARLIE...
LE ROI DE LA PARANO...
OÙ EST-CE QU'UN HOMME AUSSI IMBU DE SA PERSONNE QUE CHARLES PORTER, PEUT-IL BIEN CACHER CE QU'IL A DE PLUS PRÉCIEUX ?...
PUROS DE ORO
... SINON DANS CE QU'IL PENSE AVOIR FAIT DE PLUS PRÉCIEUX !
DE ORO
SACRÉ CHARLIE ! TOUT ÉTAIT DEVANT MES YEUX DEPUIS DEUX ANS !
ET TOUT CE TEMPS TU N'AS CESSÉ DE ME DIRE QUE TOUTE TA VIE ÉTAIT DANS CE CIGARE !
JE NE PENSAIS PAS QUE TU ÉTAIS JOUEUR À CE POINT !
4

JE VAIS TRANSFÉRER TOUTES LES DONNÉES SUR MON PORTABLE...
VOYONS CE QU'IL Y A LÀ-DEDANS...
NOUS Y VOILÀ !
TOUT EST LÀ ! JE N'AI PLUS QU'À DÉPIAUTER TOUT CELA POUR ENFIN CONNAÎTRE TOUTE L'HISTOIRE !
AUTANT COMMENCER TOUT DE SUITE ! J'AI TOUT MON TEMPS, LE PATRON N'A PLUS BESOIN DE MOI...
JE SUIS BEAUCOUP TROP CURIEUX POUR ATTENDRE...
... ET JE VIENS JUSTE DE COMMENCER UN MAGNIFIQUE CIGARE !

OCÉAN ATLANTIQUE, AVRIL 1825...
Saloperie de cigares espagnols !
JE VOUS DIS QUE C'EST CES MAUDITS NÉGROS QUI NOUS ONT COLLÉ LA FIÈVRE !
C'EST LE TROISIÈME ET SÛREMENT PAS LE DERNIER !
IBERIO AUSSI A COMMENCÉ À VOMIR !
J'aurais voulu le faire exprès de me coller dans le pétrin, que je ne m'y serais pas pris autrement !
LE SEUL BATEAU QUI M'AVAIT ACCEPTÉ À SON BORD SANS POSER DE QUESTION POUR UNE TRAVERSÉE VERS CUBA ÉTAIT UN NÉGRIER QUI TRANSPORTAIT CLANDESTINEMENT SA FUNESTE CARGAISON D'ESCLAVES.
IL EST VRAI QUE JE N'AVAIS PAS VRAIMENT EU LE CHOIX. MA POSITION, ALORS FORT DÉLICATE, NE ME PERMETTAIT PAS DE RESTER PLUS LONGTEMPS SUR LE SOL ESPAGNOL.
AUSSI, LORSQUE J'APPRIS QUE LE MONOPOLE ROYAL DE LA COURONNE D'ESPAGNE SUR LE TABAC CUBAIN ÉTAIT LEVÉ, JE ME DIS QUE MA CHANCE ÉTAIT LÀ ET QU'IL ME FALLAIT PARTIR SANS ATTENDRE.
PARTIR SUR CETTE ÎLE, AU LARGE DES AMÉRIQUES, LOIN DE L'EUROPE ET DE SES TOURMENTS, ET ME LANCER DANS LA CULTURE ET LE NÉGOCE DU TABAC !
LES CIGARES QUE NOUS TROUVIONS À CETTE ÉPOQUE SUR LE VIEUX CONTINENT ÉTAIENT, SOIT DE TRÈS MAUVAISE QUALITÉ, SOIT DE CONTREBANDE.
J'AVAIS LÀ UNE CHANCE UNIQUE DE REFAIRE MA VIE, ET L'ESPOIR DE FAIRE FORTUNE EN EXPORTANT MES PROPRES HABANOS DE CUBA VERS L'EUROPE...

MAIS TOUT NE S'EST PAS VRAIMENT PASSÉ COMME JE L'AVAIS PRÉVU...
ET CELUI-LÀ ?
QUELQU'UN LE CONNAÎT ? IL TRAÎNE SUR LE PONT DEPUIS LE DÉPART !
SI ÇA SE TROUVE, IL EST LÀ POUR NOUS SURVEILLER !
T'AS RAISON ! VENEZ, ON DESCEND AUX CALES !
MOI JE DIS QU'IL FAUT SE DÉBARRASSER DE TOUTE CETTE VERMINE SI ON VEUT PAS TOUS CREVER !
oh, oh...
LES MARINS, ÉPROUVÉS PAR LA TRAVERSÉE, ÉTAIENT CONFRONTÉS À UNE ÉPIDÉMIE DE FIÈVRE JAUNE QUI AVAIT DÉJÀ COMMENCÉ À DÉCIMER LES ESCLAVES.
LA TENSION PALPABLE DEPUIS QUELQUES JOURS ALLAIT NOUS MENER TOUT DROIT À L'EXPLOSION, LE COMMANDANT DE BORD N'AYANT RIEN FAIT POUR APAISER LA SITUATION.
IL FAUT DIRE QUE CE VIEIL IVROGNE NE QUITTAIT PAS LE SALON...
...SON SECOND ASSURANT LA MANŒUVRE.
LEQUEL SECOND M'AVAIT FAIT MONTER À BORD DE CE BATEAU, MOYENNANT UN PETIT ARRANGEMENT.
J'AVAIS PASSÉ LA TRAVERSÉE À ÉVITER TOUT LE MONDE : MARINS, SOLDATS ET PASSAGERS. MAIS LÀ, JE ME DEVAIS TOUT DE MÊME DE LES PRÉVENIR DE CE QUI SE TRAMAIT...
SEÑOR CASTELLANO ! NOUS VOUS ATTENDIONS ! FIGUREZ-VOUS QUE DON LUIS SE FAIT UN SANG D'ENCRE POUR NOTRE CARGAISON !
IL S'AGIT TOUT DE MÊME DE LA FIÈVRE JAUNE !
ILS ÉTAIENT JUSTEMENT TOUS RÉUNIS AU SALON POUR LE DÎNER.

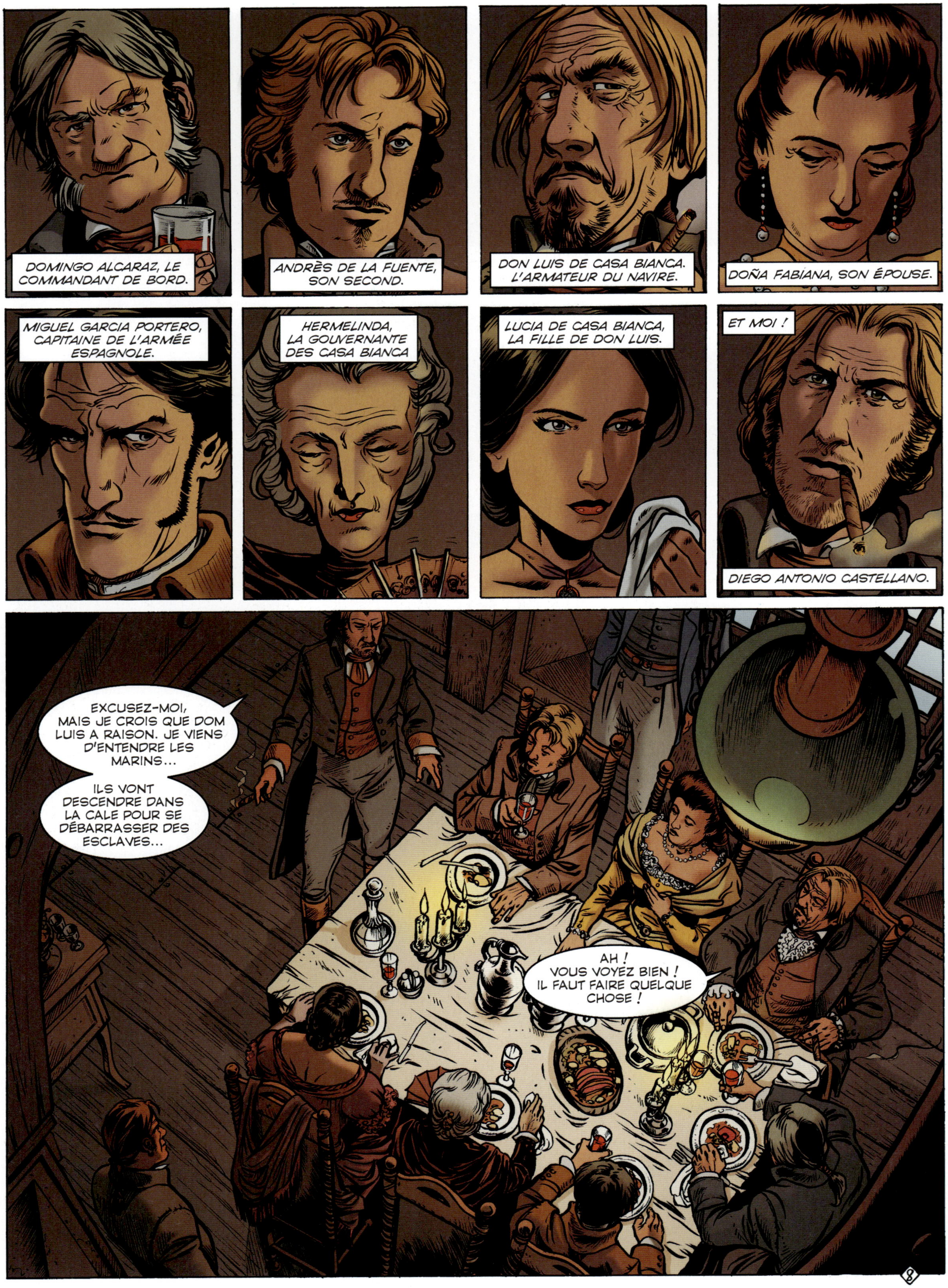

DOMINGO ALCARAZ, LE COMMANDANT DE BORD.
ANDRÈS DE LA FUENTE, SON SECOND.
DON LUIS DE CASA BIANCA. L'ARMATEUR DU NAVIRE.
DOÑA FABIANA, SON ÉPOUSE.
MIGUEL GARCIA PORTERO, CAPITAINE DE L'ARMÉE ESPAGNOLE.
HERMELINDA, LA GOUVERNANTE DES CASA BIANCA
LUCIA DE CASA BIANCA, LA FILLE DE DON LUIS.
ET MOI !
DIEGO ANTONIO CASTELLANO.
EXCUSEZ-MOI, MAIS JE CROIS QUE DOM LUIS A RAISON. JE VIENS D'ENTENDRE LES MARINS...
ILS VONT DESCENDRE DANS LA CALE POUR SE DÉBARRASSER DES ESCLAVES...
AH ! VOUS VOYEZ BIEN ! IL FAUT FAIRE QUELQUE CHOSE !

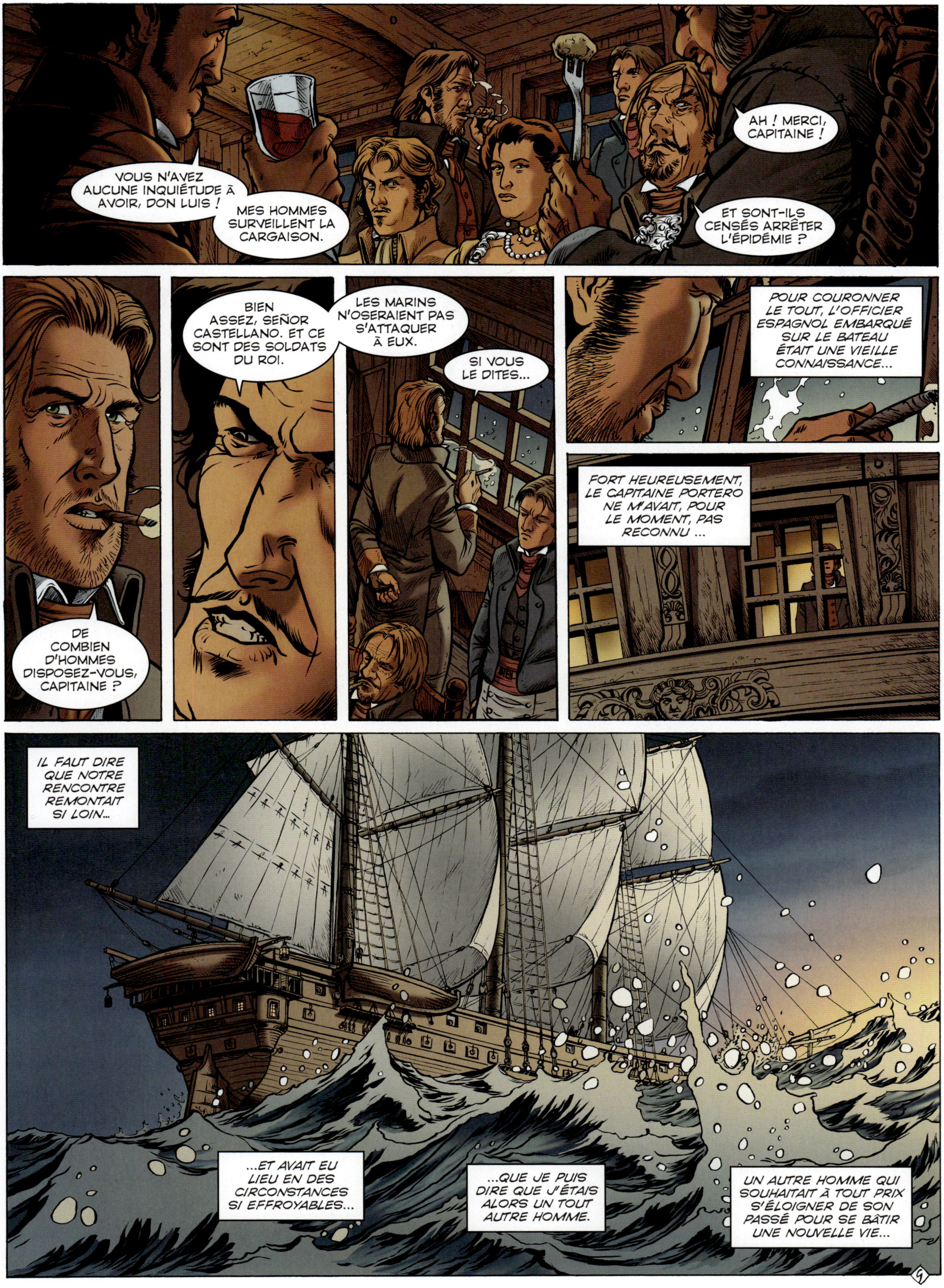
VOUS N'AVEZ AUCUNE INQUIÉTUDE À AVOIR, DON LUIS !
MES HOMMES SURVEILLENT LA CARGAISON.
AH ! MERCI, CAPITAINE !
ET SONT-ILS CENSÉS ARRÊTER L'ÉPIDÉMIE ?
DE COMBIEN D'HOMMES DISPOSEZ-VOUS, CAPITAINE ?
BIEN ASSEZ, SEÑOR CASTELLANO. ET CE SONT DES SOLDATS DU ROI.
LES MARINS N'OSERAIENT PAS S'ATTAQUER À EUX.
SI VOUS LE DITES...
POUR COURONNER LE TOUT, L'OFFICIER ESPAGNOL EMBARQUÉ SUR LE BATEAU ÉTAIT UNE VIEILLE CONNAISSANCE...
FORT HEUREUSEMENT, LE CAPITAINE PORTERO NE M'AVAIT, POUR LE MOMENT, PAS RECONNU ...
IL FAUT DIRE QUE NOTRE RENCONTRE REMONTAIT SI LOIN...
...ET AVAIT EU LIEU EN DES CIRCONSTANCES SI EFFROYABLES...
...QUE JE PUIS DIRE QUE J'ÉTAIS ALORS UN TOUT AUTRE HOMME.
UN AUTRE HOMME QUI SOUHAITAIT À TOUT PRIX S'ÉLOIGNER DE SON PASSÉ POUR SE BÂTIR UNE NOUVELLE VIE...

VOUS AVEZ ENTENDU VOTRE PÈRE ? SUIVEZ-MOI.
NON ! JE RESTE ICI ! JE SUIS ASSEZ GRANDE POUR...
HERMELINDA, VEUILLEZ RAMENER LUCIA À SA CABINE.
ET VEILLEZ À CE QU'ELLE N'EN SORTE SOUS AUCUN PRÉTEXTE !
LUCIA !
DANS TA CABINE !
OUI, PADRE...
JE SUIS UNE JEUNE FILLE BIEN OBÉISSANTE... VOTRE FILLE...
HÉ, HÉ, HÉ... SACRÉ CARACTÈRE, CETTE PETITE !
MES CHERS AMIS ! JE PENSE QUE LE MOMENT EST VENU DE PORTER UN TOAST !
À LA BEAUTÉ, À LA JEUNESSE, ET À L'INNOCENCE !
MON COMMANDANT !
ILS SONT DEVENUS FOUS ! ILS VEULENT PASSER TOUS LES NÈGRES PAR-DESSUS BORD !

VOS HOMMES, ILS LES ONT DÉSARMÉS ET SÉQUESTRÉS DANS LA REMISE SOUS LE PONT !
MES HOMMES NE LES ONT PAS ARRÊTÉS ?
MAUDITS ! ÇA NE VA PAS SE PASSER COMME ÇA !
CAPITAINE ! VOS HOMMES SONT DES LÂCHES ! COMMENT ONT-ILS PU RENDRE LES ARMES DEVANT CETTE BANDE DE VAURIENS !
JE... JE NE SAIS PAS... ILS...
ILS EN ONT AUSSI APRÈS VOUS, COMMANDANT ! ILS VEULENT VOUS METTRE AUX FERS !
CASTELLANO !
NOUS N'AVONS QUE PEU DE TEMPS, IL FAUT LIBÉRER LES SOLDATS !
D'ACCORD ! ON VA PASSER PAR-DEHORS !
SUIVEZ-MOI !
JE TIENS UN CORDAGE !
C'EST BON ! ALLEZ-Y !
JE LES ENTENDS !
QUE PERSONNE NE BOUGE !
11

SEIGNEUR !
COMMENT OSEZ-VOUS ?!...
C'EST INTOLÉRABLE !
LA FERME ! NOUS PRENONS POSSESSION DE CE BATEAU !
METTEZ-VOUS SUR LE CÔTÉ ! LE LONG DE LA CLOISON ! ET VIDEZ VOS POCHES !
SORTEZ D'ICI ! VOUS N'AVEZ PAS LE DROIT !...
ON A TOUS LES DROITS, MAINTENANT ! LE BATEAU EST À NOUS !
CERTAINEMENT PAS ! C'EST MON BATEAU ET C'EST MOI QUI VOUS PAYE POUR M'OBÉIR !
ALORS, VOUS ALLEZ M'ARRÊTER CE CIRQUE TOUT DE SUITE !
12

C'EST PAS HUMAIN DE NOUS FAIRE TRANSPORTER CES CRÉATURES DU DIABLE !
ON VA METTRE TOUTE CETTE ENGEANCE ET LEURS MALADIES PAR-DESSUS BORD...
REGARDE ÇA ! ILS ONT MÊME PEUR DE LA LUMIÈRE !
ALLEZ ! DEBOUT ! ON VA VOUS FAIRE PRENDRE L'AIR !
13

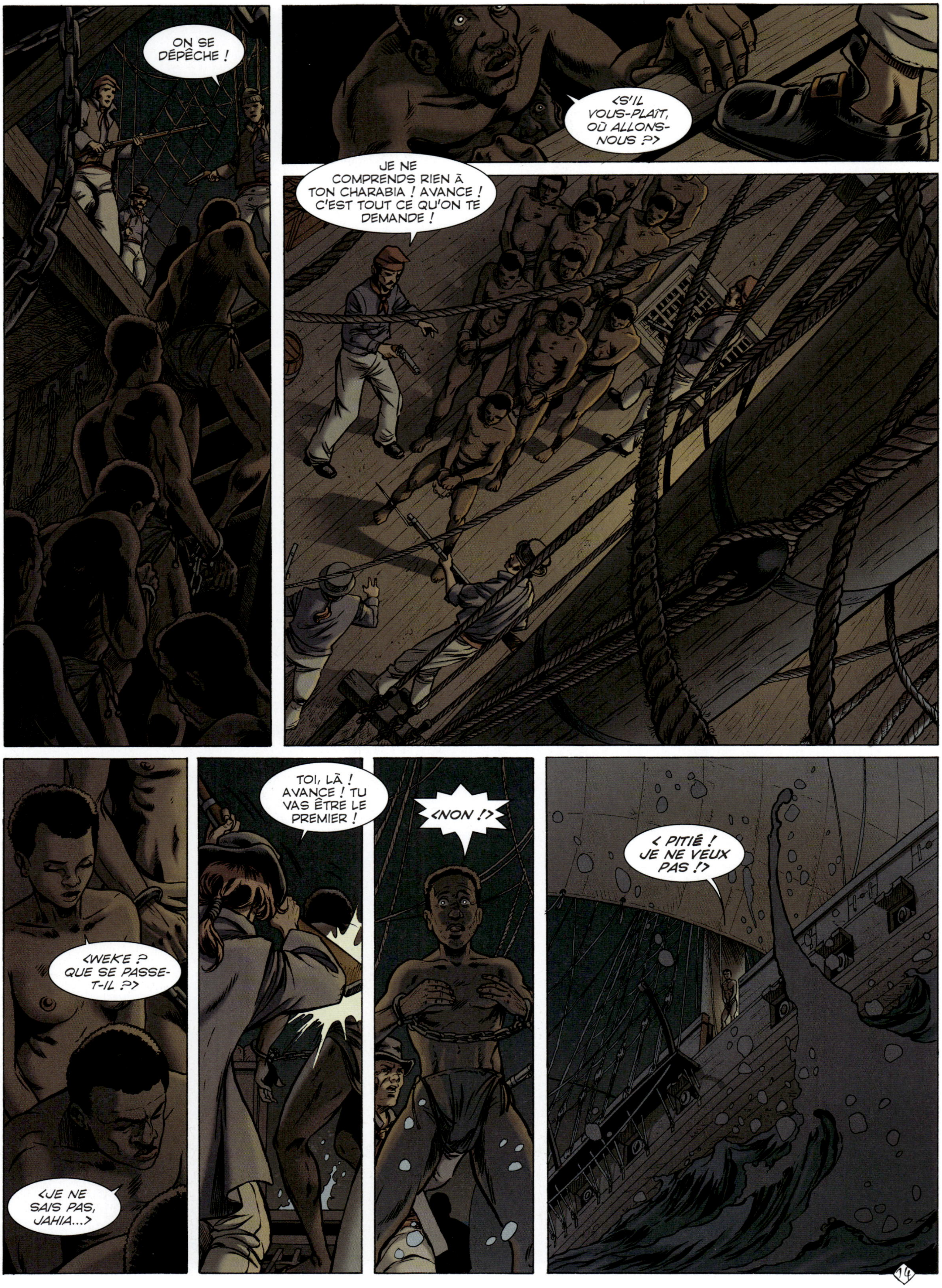
ON SE DÉPÊCHE !
<S'IL VOUS-PLAÎT, OÙ ALLONS-NOUS ?>
JE NE COMPRENDS RIEN À TON CHARABIA ! AVANCE ! C'EST TOUT CE QU'ON TE DEMANDE !
<WEKE ? QUE SE PASSE-T-IL ?>
<JE NE SAIS PAS, JAHIA...>
TOI, LÀ ! AVANCE ! TU VAS ÊTRE LE PREMIER !
<NON !>
< PITIÉ ! JE NE VEUX PAS !>
14

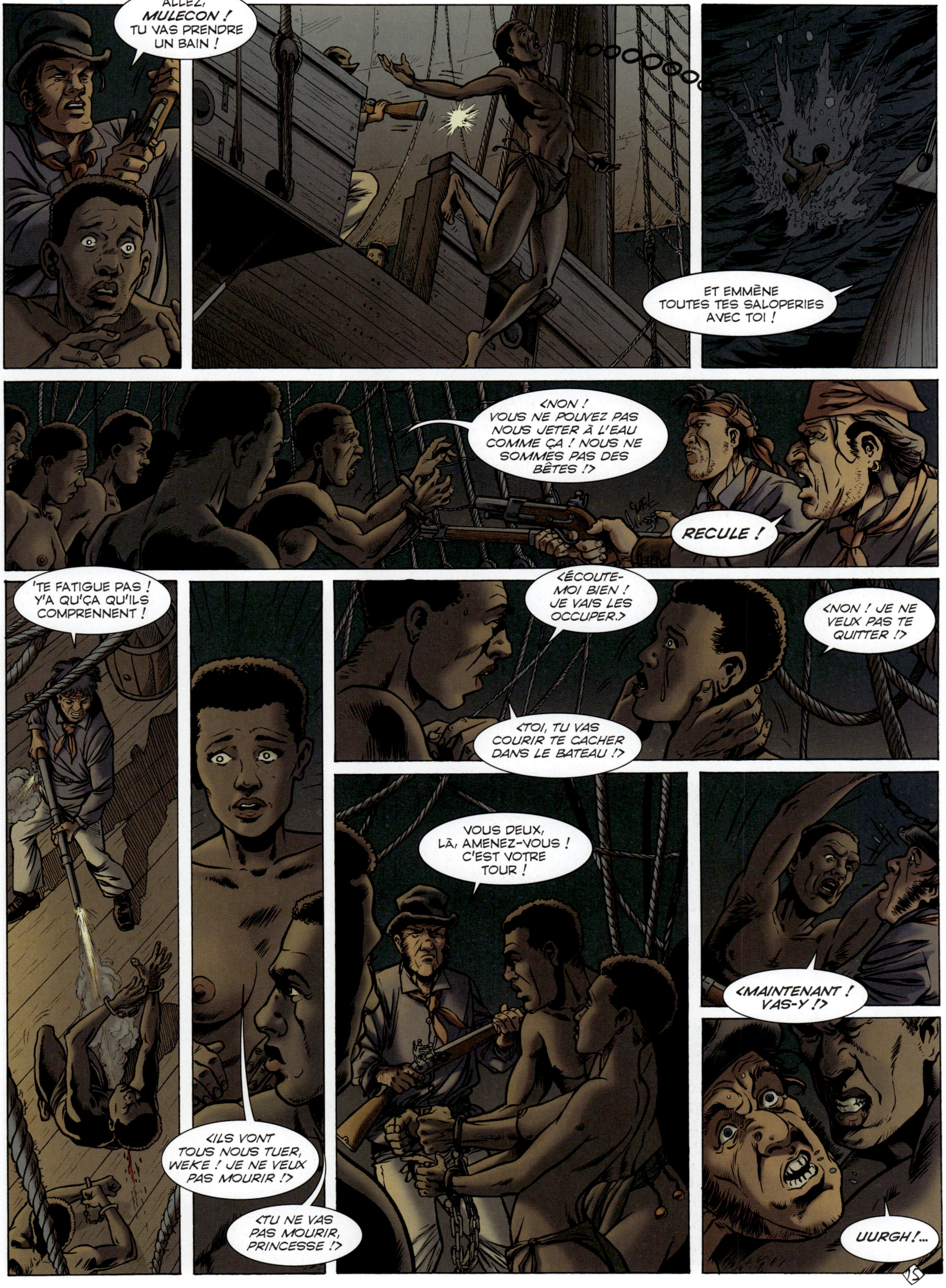
ALLEZ, MULECON ! TU VAS PRENDRE UN BAIN !
NOOOOOOOO
ET EMMÈNE TOUTES TES SALOPERIES AVEC TOI !
<NON ! VOUS NE POUVEZ PAS NOUS JETER À L'EAU COMME ÇA ! NOUS NE SOMMES PAS DES BÊTES !>
RECULE !
'TE FATIGUE PAS ! Y'A QU'ÇA QU'ILS COMPRENNENT !
<ÉCOUTE-MOI BIEN ! JE VAIS LES OCCUPER.>
<NON ! JE NE VEUX PAS TE QUITTER !>
<TOI, TU VAS COURIR TE CACHER DANS LE BATEAU !>
VOUS DEUX, LÀ, AMENEZ-VOUS ! C'EST VOTRE TOUR !
<MAINTENANT ! VAS-Y !>
<ILS VONT TOUS NOUS TUER, WEKE ! JE NE VEUX PAS MOURIR !>
<TU NE VAS PAS MOURIR, PRINCESSE !>
UURGH !...

<COURS, JAHIA !>
EH, LES GARS ! DÉCONNEZ PAS !
LÂCHE-LE, MULECON !
TIREZ PAS !
REGARDEZ! LA PETITE NÉGRESSE FICHE LE CAMP !
RAUL ! VIENS AVEC MOI ! ON VA LA COINCER !
16

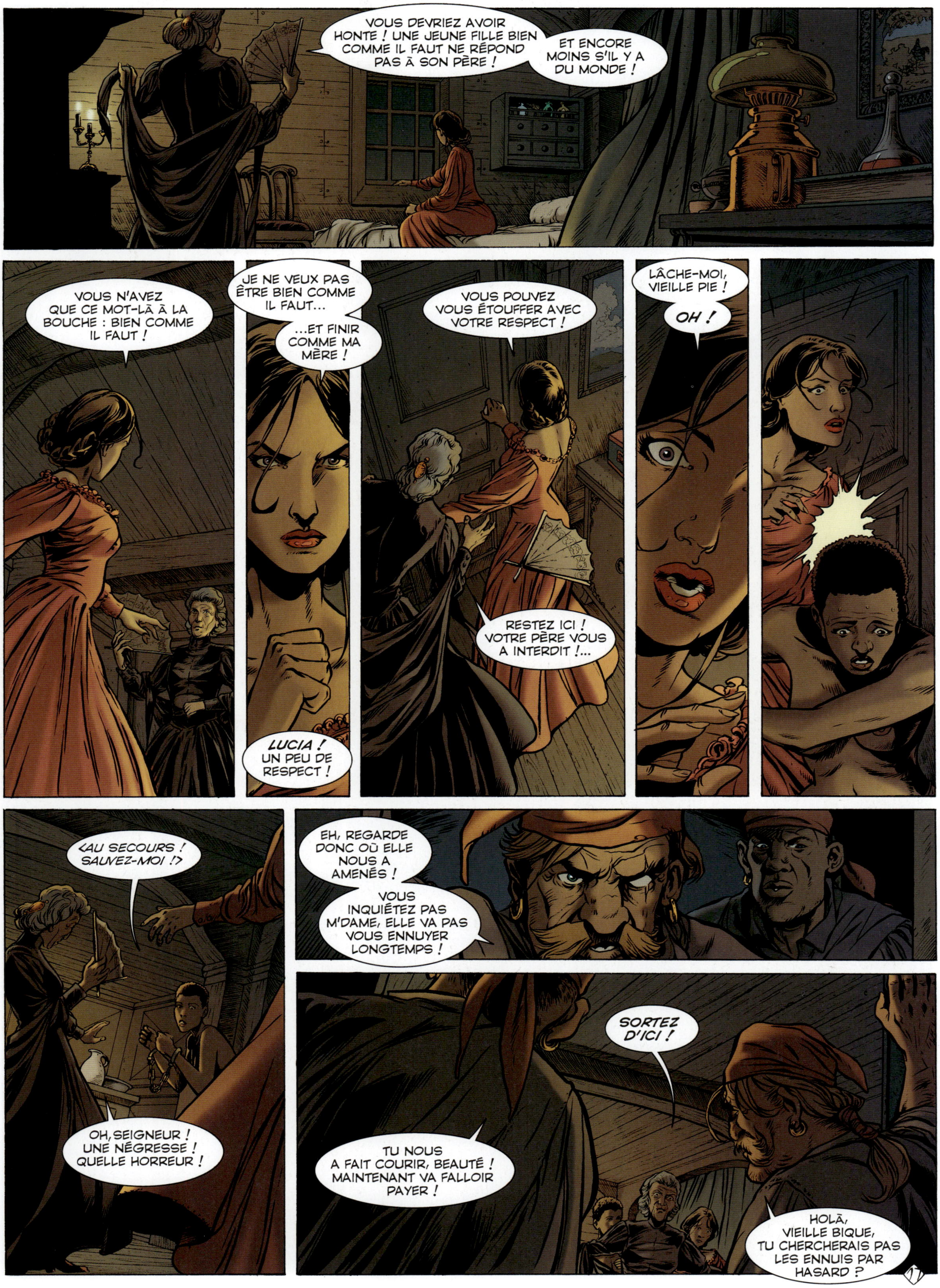
VOUS DEVRIEZ AVOIR HONTE ! UNE JEUNE FILLE BIEN COMME IL FAUT NE RÉPOND PAS À SON PÈRE !
ET ENCORE MOINS S'IL Y A DU MONDE !
VOUS N'AVEZ QUE CE MOT-LÀ À LA BOUCHE : BIEN COMME IL FAUT !
JE NE VEUX PAS ÊTRE BIEN COMME IL FAUT...
...ET FINIR COMME MA MÈRE !
LUCIA ! UN PEU DE RESPECT !
VOUS POUVEZ VOUS ÉTOUFFER AVEC VOTRE RESPECT !
RESTEZ ICI ! VOTRE PÈRE VOUS A INTERDIT !...
LÂCHE-MOI, VIEILLE PIE !
OH !
<AU SECOURS ! SAUVEZ-MOI !>
OH, SEIGNEUR ! UNE NÉGRESSE ! QUELLE HORREUR !
EH, REGARDE DONC OÙ ELLE NOUS A AMENÉS !
VOUS INQUIÉTEZ PAS M'DAME, ELLE VA PAS VOUS ENNUYER LONGTEMPS !
SORTEZ D'ICI !
TU NOUS A FAIT COURIR, BEAUTÉ ! MAINTENANT VA FALLOIR PAYER !
HOLÀ, VIEILLE BIQUE, TU CHERCHERAIS PAS LES ENNUIS PAR HASARD ?

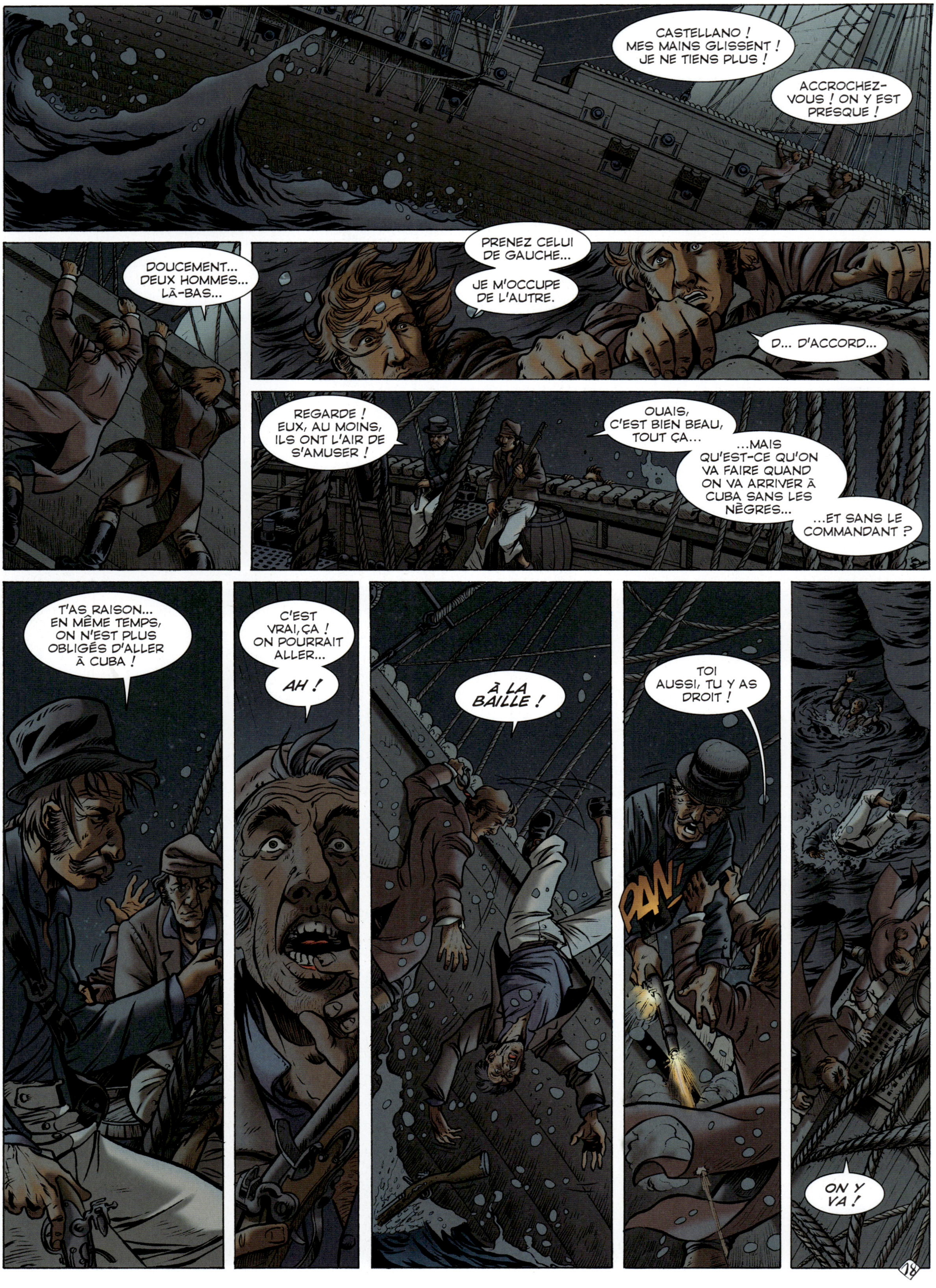
CASTELLANO ! MES MAINS GLISSENT ! JE NE TIENS PLUS !
ACCROCHEZ-VOUS ! ON Y EST PRESQUE !
DOUCEMENT... DEUX HOMMES... LÀ-BAS...
PRENEZ CELUI DE GAUCHE...
JE M'OCCUPE DE L'AUTRE.
D... D'ACCORD...
REGARDE ! EUX, AU MOINS, ILS ONT L'AIR DE S'AMUSER !
OUAIS, C'EST BIEN BEAU, TOUT ÇA...
...MAIS QU'EST-CE QU'ON VA FAIRE QUAND ON VA ARRIVER À CUBA SANS LES NÈGRES...
...ET SANS LE COMMANDANT ?
T'AS RAISON... EN MÊME TEMPS, ON N'EST PLUS OBLIGÉS D'ALLER À CUBA !
C'EST VRAI, ÇA ! ON POURRAIT ALLER...
AH !
À LA BAILLE !
TOI AUSSI, TU Y AS DROIT !
PAN !
ON Y VA !
18

QUI ...?!
SEÑOR CASTELLANO !
VOUS ÊTES LIBRES ! SORTEZ VITE DE LÀ !
DÉPÊCHEZ-VOUS ! ET PRENEZ DES ARMES EN PASSANT !
RASSEMBLEZ-VOUS AUTOUR DU SECOND !
IL FAUT ARRÊTER CE MASSACRE !

COMMENT OSEZ-VOUS ?!
ET ON VOUS LAISSE, TA COLOMBE ET TOI...
T'ÉNERVE PAS, MA BELLE, ON RÉCUPÈRE JUSTE CE QU'ON EST VENUS CHERCHER...
PENDANT QUE NOUS...
<NE ME TOUCHE PAS !>
T'AURAIS JAMAIS DÛ FAIRE ÇA ! RAUL, COGNE LA !
FORT !
AVEC PLAISIR !
ARRÊTEZ CELA TOUT DE SUITE !
CETTE NÉGRESSE NE VOUS APPARTIENT PAS ET...
LA FERME !
BIEN JOUÉ, RAUL, T'AS PAS TON PAREIL POUR FAIRE TAIRE LES BAVARDS !
MAINTENANT, ON VA VRAIMENT COMMENCER À S'AMUSER...
QU'EST-CE QUI TE FAIT PEUR, MA MIGNONNE, TU NE NOUS TROUVES PAS À TON GOÛT ?
20

ELLE DOIT CROIRE QU'ELLE EST TROP BIEN POUR NOUS !
ATTENDS... PERSONNE NE SAIT QU'ON EST ICI...
ON POURRAIT EN PROFITER POUR...
COMMENT ?! OH NON !
LAISSEZ-MOI !
MAIS C'EST QU'ELLE A DU CARACTÈRE, CETTE PETITE GARCE !
ÇA M'EXCITE BIEN !
NON !
NE ME TOUCHEZ PAS !
QU'EST-CE QUI TE PREND ?
LAISSE-LA !
ELLE EST POUR MOI ! TU N'AS QU'À PRENDRE L'ESCLAVE !
JE NE ME SUIS JAMAIS FAIT DE PETITE BLANCHE ! C'EST MOI QUI LA PRENDS !
MAIS VOUS ÊTES FOUS ! SI VOUS ME TOUCHEZ, MON PÈRE VOUS FERA PENDRE !
TAIS-TOI !
D'ACCORD, JE TE LA LAISSE, MAIS TU M'EN REVAUDRAS UNE !
POUSSE-TOI !
21

NI LUCIA, NI JAHIA N'ONT JAMAIS REPARLÉ DE CE QU'ELLES ONT SUBI CE JOUR-LÀ...
LA SUITE DES ÉVÉNEMENTS NOUS EN A ASSEZ APPRIS. C'EST NOTRE DESTIN À TOUS QUI A ÉTÉ SCELLÉ DANS CETTE CABINE...
ET, JE LE CRAINS, CELUI DE NOS DESCENDANTS...

ALLEZ ! FOUTEZ-MOI TOUT ÇA À L'EAU !
ARRÊTEZ ÇA TOUT DE SUITE !
LES SOLDATS ! TIREZ, LES G...
PAN !
RENDEZ-VOUS !
DÉSARMEZ TOUS LES MARINS !
TOI ! LÂCHE TON ARME !
NON ! ATTENDEZ, MON LIEUTENANT !
IL FAUT SE DÉBARRASSER D'EUX, SINON ON VA TOUS CREVER !
C'EST COMME DE LA MARCHANDISE AVARIÉE !
JE T'AI DIT DE LÂCHER TON ARME ! C'EST UN ORDRE !
NON ! ÉCOUTEZ-MOI ! JE...
PAN !
23

JE VOUS JURE QUE VOUS ALLEZ ME LE PAYER !
TRÈS CHER !
NE LES ÉNERVEZ PAS !
VOUS NE SAVEZ PAS DE QUOI ILS SONT CAPABLES !
VOILÀ QUELQU'UN QUI A TOUT COMPRIS !
MERCI, CAPITAINE !
VOUS FERIEZ BIEN DE L'ÉCOUTER SI VOUS VOULEZ RENTRER CHEZ VOUS !
NOUS ALLONS PRENDRE POSSESSION DE CE NAVIRE ! ET UNE FOIS QUE NOUS AURONS JETÉ LE DERNIER ESCLAVE AUX REQUINS, NOUS FERONS DEMI-TOUR !
MOI VIVANT, JAMAIS !
ON PEUT ARRANGER ÇA TRÈS VITE...
CAPITAINE PORTERO ! MAIS FAITES QUELQUE CHOSE !
C'EST-À-DIRE QUE...
JE VOUS EN SUPPLIE ! NE ME TUEZ PAS !
VOYEZ ! JE POSE MON ARME !
JE L'CROIS PAS !
LE CAPITAINE EST UNE VRAIE COUILLE MOLLE !

TRAÎTRE ! JE VOUS FERAI FUSILLER !
PAN!
MERDE... T'AS TUÉ LE COMMANDANT !
IL VOULAIT PAS SE LA FERMER !
QU'EST-CE QU'ON VA FAIRE, MAINTENANT ?
C'EST SÛR QU'ON NE PEUT PLUS ALLER À CUBA, NI REVENIR EN ESPAGNE !
MOI, J'DIS QU'IL FAUT TOUS LES TUER !
ON N'A PAS LE CHOIX !
PITIÉ...
JE VOUS EN SUPPLIE, NE ME TUEZ PAS...
JE FERAI TOUT CE QUE VOUS VOUDREZ ! ET J'AI DE L'OR AUSSI ! IL EST À VOUS !
MAIS PAR PITIÉ, NE ME TUEZ PAS !
ÇA ME DÉGOÛTE...
ÉCOUTE ÇA ! IL COUINE COMME UNE DONZELLE !
TU CROIS QU'IL FAIT TOUT COMME UNE DONZELLE ?
TOUT CE QUE VOUS VOUDREZ !
LES MAINS EN L'AIR !

ATTENTION !
PAN !
PAN !
PABLO !
OH, NON ! ON VA TOUS MOURIR !
LÂCHE CETTE ARME ET TU AURAS LA VIE SAUVE !
NON !
CE N'EST PAS COMME SI TU AVAIS LE CHOIX...
LES SOLDATS ONT REPRIS LE BATEAU ! C'EST FINI POUR VOUS !
LÂCHE TON ARME ! C'EST TA SEULE CHANCE DE T'EN SORTIR VIVANT !
NE TENTE PAS LE DIABLE ET SOIS RAISONNABLE. TU AURAS DROIT À UN PROCÈS.
PAN !
CRÈVE, ORDURE !
26

QU'EST-CE QUI VOUS PREND ? VOUS N'AVIEZ PAS BESOIN DE TIRER !
ILS ALLAIENT TOUS NOUS TUER ! ET BIEN PIRE ENCORE !
TAISEZ-VOUS... ESPÈCE DE ...LÂCHE !
ET ALLEZ PLUTÔT... CHERCHER MA FILLE... DIEU FASSE QU'IL NE LUI SOIT RIEN ARRIVÉ !
CASTELLANO, JE...
FERMEZ-LA !
NOUS RÉGLERONS CELA PLUS TARD !
POUR L'INSTANT, IL FAUT RAMENER LA PETITE À SA MÈRE !
CES CRIS !
VITE !
PAR ICI !
ÉCARTEZ-VOUS D'ELLES !
MERCI, MON DIEU...
QUI ...?
NON ! ELLES SONT À NOUS !
SI VOUS LES VOULEZ, IL FAUDRA VENIR...
27

LAISSE TOMBER...
PAN !
TADÉO !
SALAUD ! IL N'ÉTAIT MÊME PAS ARMÉ !
PARCE QU'ELLES ÉTAIENT ARMÉES, ELLES ?!
CASTELLANO... VOUS...
TIENS !
ESPÈCE D'ORDURE !
ARRÊTEZ ! JE VOUS EN SUPPLIE !
ÇA SUFFIT !
ARRÊTEZ !
'MÉRITE MÊME PAS DE VIVRE...
EXCUSEZ-MOI... JE... JE...
RELEVEZ-VOUS, JE VOUS EN PRIE. JE VAIS FAIRE RAMENER CETTE ESCLAVE AVEC...
28

NON ! ELLE RESTE AVEC MOI !
JE VOUS EN SUPPLIE, NE DITES RIEN À MON PÈRE !
COMMENT ? MAIS, VOYONS, C'EST IMPOSSIBLE !
CE SERAIT UNE TRAHISON !
JE SUIS UN HOMME D'HONNEUR ET DE DEVOIR, ENTIÈREMENT DÉVOUÉ À VOTRE PÈRE !
ET JE NE PEUX...
S'IL VOUS PLAÎT... SEÑOR CASTELLANO !
IL NE FAUT RIEN DIRE !
VOUS POUVEZ COMPTER SUR MOI ! NOUS SAURONS RESTER DISCRETS PAR CONTRE, IL FAUT ÊTRE RAISONNABLE ET RAMENER CETTE ESCLAVE PARMI LES SIENS.
NON ! LAISSEZ-LA ! SANS ELLE, JE N'AURAIS JAMAIS PU ENDURER CELA !
ELLE RESTE AVEC MOI !
POUR TOUJOURS !
ALORS QUE NOUS APPROCHIONS DU TERME DE NOTRE VOYAGE, CE PACTE SIGNÉ DANS LA VIOLENCE ET LA DOULEUR ENTRE LUCIA ET JAHIA ÉTAIT LOIN DE N'ÊTRE QUE LE CAPRICE D'UNE ENFANT VIOLÉE.
LEURS VIES, AINSI QUE LES NÔTRES, ONT ÉTÉ BÂTIES SUR CE PACTE.
CHACUN DE NOUS VENAIT À CUBA POUR SES PROPRES RAISONS.
CETTE ÎLE ALLAIT ASPIRER NOS DESTINS COMME UNE VOLUTE DE CIGARE QUI DISPARAÎT EN FUMÉE, NE LAISSANT SES RICHES ARÔMES IMPRÉGNER LA TERRE QUE L'ESPACE D'UN INSTANT...

DES OISEAUX !
TERRE ! TERRE !
GARDEZ LE CAP ET DESCENDEZ LA VOILURE !
À VOS ORDRES, MON COMMANDANT !
ÇA Y EST, JE VOIS LES CÔTES !
LA FIN DE LA TRAVERSÉE NE SERVIT QU'À S'OCCUPER DES MORTS ET DES BLESSÉS.
DOÑA FABIANA NE SURVÉCUT PAS À SES BLESSURES, RENDANT SON ÂME À DIEU APRÈS DEUX JOURS D'AGONIE.
LUCIA NE QUITTA PLUS SA CABINE, REFUSANT OBSTINÉMENT DE SE SÉPARER DE LA JEUNE ESCLAVE.
ET DE LA FUENTE PRIT LE COMMANDEMENT DU BATEAU, RÉTABLISSANT CALME ET AUTORITÉ.
CUBA !
VOUS PENSEZ POUVOIR ÉVITER LES CROISEURS ANGLAIS ?
PORTERO A NORMALEMENT FAIT LE NÉCESSAIRE.
J'AURAIS DÛ M'EN DOUTER ! IL EST MALIN...
30

LES BRITANNIQUES, QUI AVAIENT DÉCLARÉ ILLÉGAL LE TRAFIC NÉGRIER, SURVEILLAIENT LES NAVIRES ENTRANT À CUBA POUR ARRÊTER LES CLANDESTINS...
...FAISANT VOLONTIERS EXCEPTION LORSQUE CES BATEAUX AVAIENT L'AVAL DES AUTORITÉS LOCALES AVEC QUI IL FALLAIT ÉVITER TOUT CONFLIT.
CASTELLANO !
OU DEVRAIS-JE VOUS APPELER PAR VOTRE ANCIEN NOM ?
C'EST ÉTRANGE, CE N'EST QUE QUAND JE VOUS AI VU PERDRE LE CONTRÔLE ET FRAPPER CE MARIN QUE JE VOUS AI RECONNU !
JE PRÉSUME QUE VOUS N'AVEZ PAS OUBLIÉ, VOUS NON PLUS. CES CHOSES-LÀ NE S'OUBLIENT PAS !
QUE VOULEZ-VOUS, PORTERO ?
PAS GRAND-CHOSE...
VOTRE SILENCE CONTRE LE MIEN.
VOUS NE PARLEZ À PERSONNE DE CE QUE VOUS AVEZ VU SUR CE BATEAU ET JE NE PARLE À PERSONNE DE VOTRE PASSÉ.
JE NE SAIS PAS CE QUE VOUS ÊTES VENU CHERCHER À CUBA, MAIS CETTE ÎLE N'EST PAS SI GRANDE, ET NOS CHEMINS SONT SÛREMENT APPELÉS À SE CROISER. CE JOUR-LÀ, PENSEZ À REGARDER DE L'AUTRE CÔTÉ DE LA RUE ET JE FERAI DE MÊME...
C'EST AINSI QU'À MON TOUR, JE SCELLAIS UN PACTE AVEC LE DIABLE. À VRAI DIRE, CE JOUR-LÀ, J'AURAIS MIEUX FAIT DE LE PASSER PAR-DESSUS BORD AVANT D'ARRIVER À LA HAVANE...
31

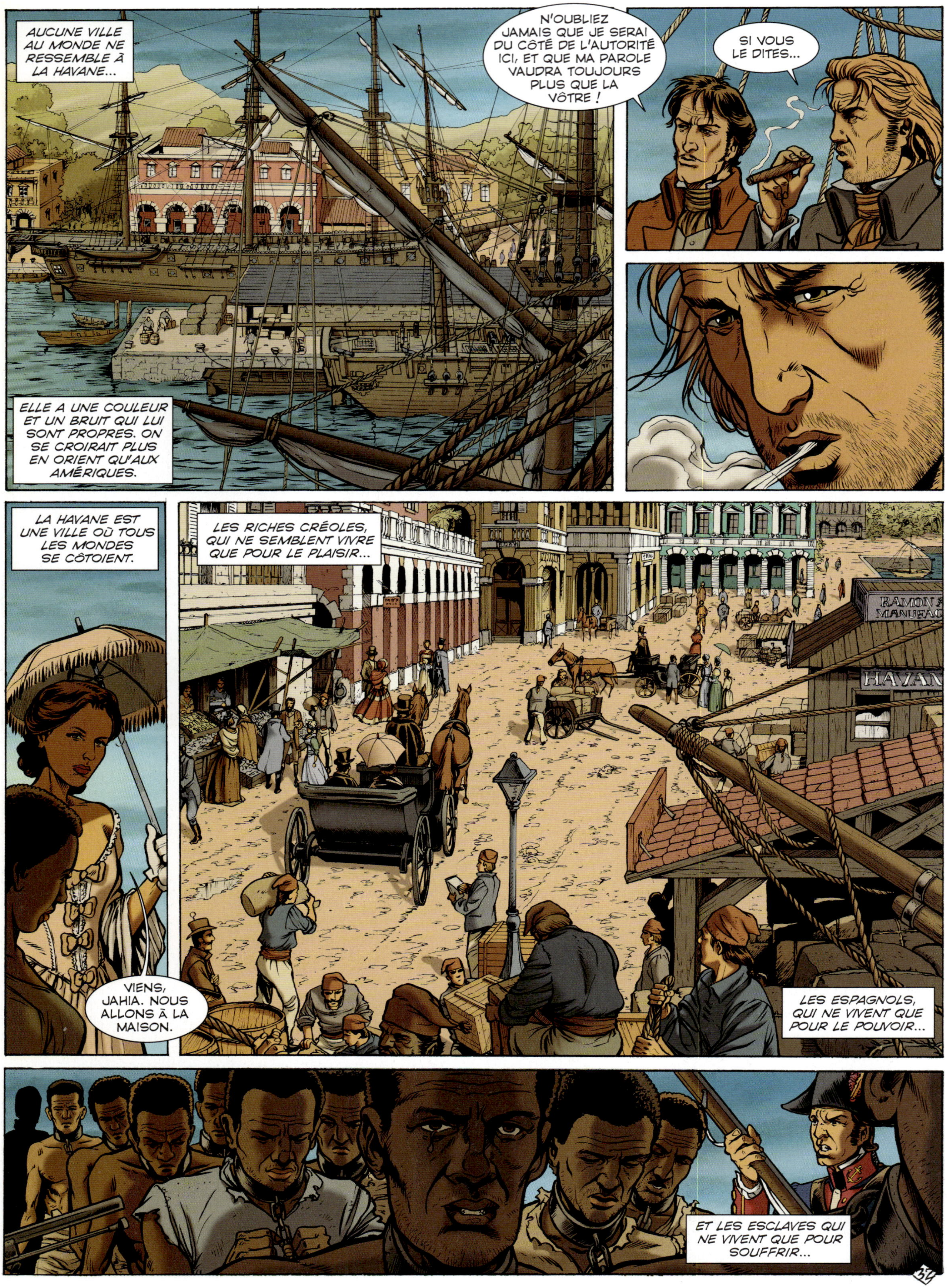
AUCUNE VILLE AU MONDE NE RESSEMBLE À LA HAVANE...
ELLE A UNE COULEUR ET UN BRUIT QUI LUI SONT PROPRES. ON SE CROIRAIT PLUS EN ORIENT QU'AUX AMÉRIQUES.
N'OUBLIEZ JAMAIS QUE JE SERAI DU CÔTÉ DE L'AUTORITÉ ICI, ET QUE MA PAROLE VAUDRA TOUJOURS PLUS QUE LA VÔTRE !
SI VOUS LE DITES...
LA HAVANE EST UNE VILLE OÙ TOUS LES MONDES SE CÔTOIENT.
VIENS, JAHIA. NOUS ALLONS À LA MAISON.
LES RICHES CRÉOLES, QUI NE SEMBLENT VIVRE QUE POUR LE PLAISIR...
RAMON
HAVAN
LES ESPAGNOLS, QUI NE VIVENT QUE POUR LE POUVOIR...
ET LES ESCLAVES QUI NE VIVENT QUE POUR SOUFFRIR...
34

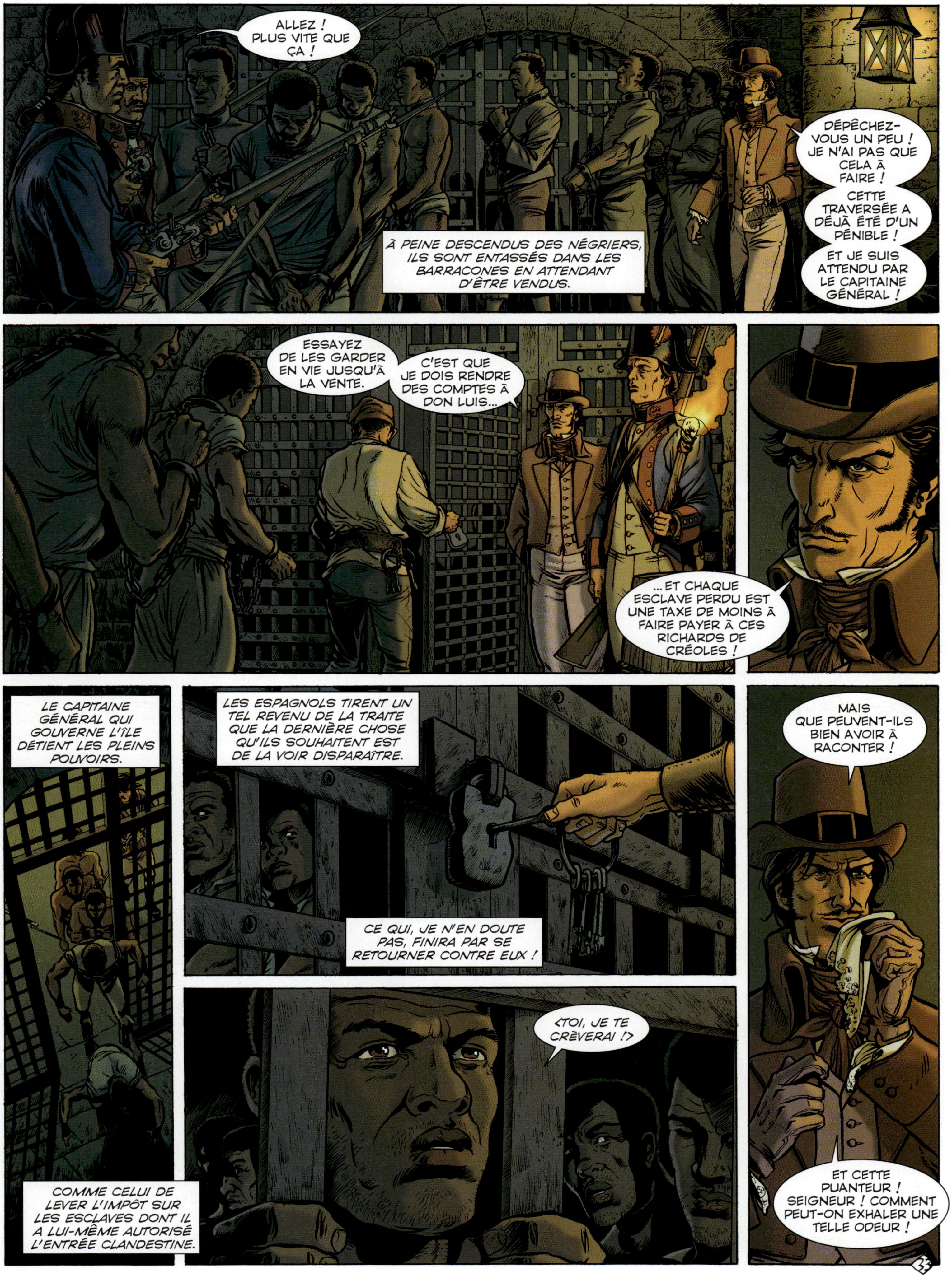
ALLEZ ! PLUS VITE QUE ÇA !
DÉPÊCHEZ-VOUS UN PEU ! JE N'AI PAS QUE CELA À FAIRE !
CETTE TRAVERSÉE A DÉJÀ ÉTÉ D'UN PÉNIBLE !
ET JE SUIS ATTENDU PAR LE CAPITAINE GÉNÉRAL !
À PEINE DESCENDUS DES NÉGRIERS, ILS SONT ENTASSÉS DANS LES BARRACONES EN ATTENDANT D'ÊTRE VENDUS.
ESSAYEZ DE LES GARDER EN VIE JUSQU'À LA VENTE.
C'EST QUE JE DOIS RENDRE DES COMPTES À DON LUIS...
...ET CHAQUE ESCLAVE PERDU EST UNE TAXE DE MOINS À FAIRE PAYER À CES RICHARDS DE CRÉOLES !
LE CAPITAINE GÉNÉRAL QUI GOUVERNE L'ÎLE DÉTIENT LES PLEINS POUVOIRS.
COMME CELUI DE LEVER L'IMPÔT SUR LES ESCLAVES DONT IL A LUI-MÊME AUTORISÉ L'ENTRÉE CLANDESTINE.
LES ESPAGNOLS TIRENT UN TEL REVENU DE LA TRAITE QUE LA DERNIÈRE CHOSE QU'ILS SOUHAITENT EST DE LA VOIR DISPARAÎTRE.
CE QUI, JE N'EN DOUTE PAS, FINIRA PAR SE RETOURNER CONTRE EUX !
<TOI, JE TE CRÈVERAI !>
MAIS QUE PEUVENT-ILS BIEN AVOIR À RACONTER !
ET CETTE PUANTEUR ! SEIGNEUR ! COMMENT PEUT-ON EXHALER UNE TELLE ODEUR !

C'ÉTAIT EN FAIT TOUTE LA VILLE QUI DÉGAGEAIT UNE ODEUR NAUSÉABONDE, MÉLANGE D'HUILE, D'AIL, DE TABAC, DE POISSON SÉCHÉ ET DE SUEUR.
JE TRAVERSAI PAR LE MARCHÉ SOUS LES ARCADES, POUR ME RENDRE DANS LE QUARTIER DES BODEGAS...
...OÙ SE PRESSE TOUT CE QUE LA VILLE COMPTE DE MATELOTS ET CONTREBANDIERS.
C'EST LÀ QUE JE DEVAIS RENCONTRER L'HOMME QUI ALLAIT ME VENDRE UN CHAMP DE TABAC...
UNE VEGA DANS LA VUELTA ABAJO...
CAR C'EST SUR SA TERRE ROUGE QUE POUSSENT LES MEILLEURS TABACS DU MONDE.
VOUS ÊTES PLACIDO ?
ÇA DÉPEND, QUI LE DEMANDE ?
DIEGO CASTELLANO.
AH ! VOUS VOILÀ ENFIN !
ALORS VOUS VOULEZ TOUJOURS ACHETER CETTE VEGA ?
VOUS NE PRÉFÉREZ PAS UNE PLANTATION DE CANNE À SUCRE ?
NON, C'EST LE TABAC QUI M'INTÉRESSE JE VEUX FAIRE MES PROPRES CIGARES.
VOUS AVEZ L'ARGENT ?
BIEN SÛR.

PENDANT QUE J'ALLAIS REJOINDRE MA TERRE, ET Y DEVENIR UN VEGUERO, D'AUTRES REVENAIENT CHEZ EUX AVEC LEUR CHAGRIN ET LEURS BLESSURES.
NOUS Y SOMMES PRESQUE, JAHIA.
ARRÊTE DE LUI PARLER COMME SI ELLE ÉTAIT DES NÔTRES !
MAIS, PÈRE...
LES GENS NOUS REGARDENT ! LA MORT DE TA MÈRE NE TE SUFFIT PAS ?
TU VEUX NOUS COUVRIR DE HONTE ?
JE TOLÈRE SA PRÉSENCE À TES CÔTÉS...
MAIS IL NE FAUT PAS ABUSER !
NOUS ARRIVONS.
RESSAISIS-TOI. ET QUE TA NÉGRESSE RESTE EN ARRIÈRE.
VOUS INSTALLEREZ CETTE ESCLAVE DANS LES COMMUNS POUR QU'ELLE RESTE À LA DISPOSITION DE MA FILLE.
BONJOUR À TOUS ! NOUS ALLONS RESTER QUELQUES JOURS À LA HAVANE AVANT DE REPARTIR POUR LA PLANTATION.
35

LES MOIS SUIVANTS, CHACUN PRIT SES MARQUES DANS SA NOUVELLE VIE.
JE PRÉPARAI LES SOLS DÈS LA FIN AOÛT...
...ET PLANTAI MES PREMIÈRES GRAINES À LA MI-SEPTEMBRE...
... POUR POUVOIR LES METTRE EN TERRE 40 JOURS PLUS TARD.
J'APPRIS QUE PORTERO AVAIT PRIS AVEC SUCCÈS SES FONCTIONS AUPRÈS DU CAPITAINE GÉNÉRAL.
TOUS LES ESCLAVES MÂLES ARRIVÉS À BORD DE LA SANTA MARIA-CHRISTINA ÉTAIENT ALLÉS TRAVAILLER SUR LA PLANTATION DE SUCRE DE CASA BIANCA.
DON LUIS N'ÉTAIT PAS LE PIRE DES MAÎTRES, MAIS SON MAYORAL, QUI SURVEILLAIT LES TRAVAUX SUR L'INGENIO, ÉTAIT UN HOMME EXIGEANT.
DON LUIS AVAIT DE TOUTE FAÇON BIEN D'AUTRES SOUCIS.
À PEINE SORTI DE SON DEUIL, IL VIT LE VENTRE DE SA FILLE S'ARRONDIR...
...EN MÊME TEMPS QUE CELUI DE SON ESCLAVE, DONT ELLE AVAIT FAIT SA DAME DE COMPAGNIE.
38

JE FUS RAPIDEMENT DÉPASSÉ PAR L'AMPLEUR DE LA TÂCHE...
AUSSI, J'ENGAGEAI DES MONTEROS DU COIN POUR M'AIDER À REPIQUER LES PLANTS DÉBUT NOVEMBRE.
LA RÉPUTATION DU CAPITAINE PORTERO ET SON ZÈLE EXCESSIF COMMENÇAIENT À SE RÉPANDRE DANS L'ÎLE.
L'AUTORITARISME ET LA VÉNALITÉ DE SES CONGÉNÈRES LUI SEYAIENT À MERVEILLE !
WEKE, LE FRÈRE DE JAHIA, COMMENÇA À FAIRE PREUVE D'UN ESPRIT REBELLE AUX PREMIÈRES BRIMADES...
...QUI N'ÉTAIENT POURTANT QUE LE QUOTIDIEN DE SA CONDITION D'ESCLAVE.
JE PASSAIS DE TEMPS EN TEMPS CHEZ LES CASA BIANCA, OÙ J'ÉTAIS TOUJOURS LE BIENVENU.
AU GRAND DÉSESPOIR DE SON PÈRE, LUCIA S'ÉTAIT MIS EN TÊTE D'ÉDUQUER JAHIA.
37

EN ATTENDANT LE DÉBUT DE LA RÉCOLTE EN JANVIER, JE SURVEILLAIS LA MATURATION DE MES PLANTS...
...LES FEUILLES DE TABAC SE PARANT D'UN VERT ÉCLATANT DONT LE CONTRASTE AVEC LA TERRE ROUGE DE LA VUELTA ABAJO EST D'UNE SAISISSANTE BEAUTÉ .
PORTERO, EN QUÊTE DE LA FORTUNE QUE SA FONCTION NE LUI APPORTERAIT JAMAIS, COMMENÇA INTELLIGEMMENT À SE RAPPROCHER DE DON LUIS.
CE QU'À L'ÉPOQUE J'IGNORAIS, MALHEUREUSEMENT...
LES ESCLAVES QUI TRAVAILLAIENT SUR LES PLANTATIONS ÉTAIENT CONDAMNÉS À CHOISIR ENTRE LA RÉSIGNATION ET LA RÉVOLTE.
WEKE NE MIT PAS LONGTEMPS À CHOISIR SON CAMP, CELUI DES CIMARRONS, LES FUGITIFS.
SA SŒUR FIT, ELLE, PREUVE D'UNE REMARQUABLE INTELLIGENCE, APPRENANT NOTRE LANGUE EN QUELQUES MOIS À PEINE.
CE FURENT SANS DOUTE LES PLUS BEAUX JOURS QUE LES DEUX JEUNES FILLES CONNURENT DE TOUTE LEUR VIE, JUSQU'À CE JOUR DE JANVIER...

J'AI UN PEU FROID, JAHIA, DÉPÊCHE-TOI !
CE N'EST PAS LE MOMENT D'ATTRAPER DU MAL !
TENEZ, LA SERVIETTE EST...
QU'EST-CE QUE ...? OH ! NON ! JE...
HA !! ÇA FAIT MAL !
QU'EST-CE QUI SE PASSE ?
C'EST LE BÉBÉ !
JE PERDS LES EAUX !
C'EST QU'IL VA BIENTÔT ARRIVER !
VA CHERCHER QUELQU'UN !
VITE !
LE DOCTEUR ! IL FAUT ALLER CHERCHER LE DOCTEUR !
LA SEÑORITA LUCIA VA AVOIR SON BÉBÉ !

ALLEZ, SEÑORITA! IL FAUT POUSSER ENCORE !
ALLEZ ! PLUS FORT !
VOUS Y ÊTES PRESQUE ! JE COMMENCE À VOIR LA TÊTE ! ET...
OH, MON DIEU !
QU'Y A-T-IL ? IL EST MORT ?!
NON... TOUT VA BIEN...
IL FAUT JUSTE QUE VOUS POUSSIEZ ENCORE POUR FINIR DE LE SORTIR...
HAAAN !!!
C'EST BIEN, LE VOILÀ !
OH, SEIGNEUR... UN GARÇON...
<LE BÉBÉ ! JE L'ENTENDS CRIER ! JE...>
AAH !...
<OH, NON ! MOI AUSSI ! JE SENS QU'IL VIENT !>
<J'AI PEUR !>
<JE... JE DOIS ME CALMER ET FAIRE COMME CHEZ NOUS !>
<NE PAS CRIER... SURTOUT NE PAS CRIER !>
40

AH... DON LUIS... VOUS VOILÀ...
ALORS ? OÙ EN EST-ON ?
COMMENT VA MA FILLE ? ET L'ENFANT ? JE L'AI ENTENDU CRIER !
IL EST VIVANT ?
DISONS QUE L'ACCOUCHEMENT LUI-MÊME S'EST FORT BIEN PASSÉ...
MAIS IL Y A COMME UN PROBLÈME...
SEIGNEUR !
QU'EST-CE QUE C'EST QUE ÇA ?
VOTRE PETIT-FILS, DON LUIS...
<CHHH... VOILÀ, PETIT HOMME, C'EST FINI...>
<ON EST TOUS LES DEUX MAINTENANT !>
<TOUS LES DEUX POUR TOUJOURS !>
PADRE...
COMMENT AS-TU PU ME FAIRE ÇA ?
QUI VOUDRA DE TOI APRÈS CELA ?
JE N'AI JAMAIS VU CET ENFANT !
NOUS LE CONFIERONS À TA NÉGRESSE QUI SERA SA MÈRE ET L'ÉLÈVERA AVEC LE SIEN !
NON ! MON BÉBÉ...

S'IL ÉTAIT UNE QUALITÉ QU'ON NE POUVAIT ÔTER À PORTERO, CAR IL N'EN EUT PLUS AUCUNE, C'ÉTAIT LA TÉNACITÉ.
IL S'ÉTAIT FIXÉ POUR BUT DE SE LIER INTIMEMENT À LA FAMILLE CASA BIANCA, JUSQU'À CE QUE SA PRÉSENCE LEUR SEMBLE NATURELLE...
ET JE NE SAIS QUEL DÉMON LE POUSSA À SE RENDRE CHEZ EUX CE JOUR-LÀ PRÉCISÉMENT, POUR RÉCOLTER LE FRUIT DE SON ASSIDUITÉ.
OCCUPE-TOI DE MON CHEVAL !
ET PRENDS-EN SOIN, SINON TU AURAS AFFAIRE À MOI !
CAPITAINE PORTERO !
QUE ME VAUT LE PLAISIR DE VOTRE VISITE ?
BONJOUR, DON LUIS.
JE DOIS VOUS PARLER AFFAIRES !
COMMENT CELA ? DEPUIS QUAND LES ESPAGNOLS SE SOUCIENT-ILS DES AFFAIRES DES CRÉOLES ?
JE NE VIENS PAS VOUS PARLER D'ARGENT, MAIS DE VOTRE FILLE, LUCIA.
CELA FAIT BIENTÔT NEUF MOIS QUE...
JE NE LE SAIS QUE TROP ! OÙ VOULEZ-VOUS EN VENIR ?
VOUS SAVEZ COMME IL EST DIFFICILE DE MARIER UNE JEUNE FEMME, MÊME DE BONNE FAMILLE, QUI A DÉJÀ ENFANTÉ SANS AVOIR...
JE SAIS CELA AUSSI ! ALORS ?
EH BIEN, JE NE VOUS CACHE PAS QUE LE FAIT D'AVOIR TRAVERSÉ AVEC VOUS TOUTES CES ÉPREUVES NE M'A PAS LAISSÉ INSENSIBLE À VOS MALHEURS...
ET CE D'AUTANT QUE LUCIA EST UNE CHARMANTE JEUNE FEMME...
42

ALORS QUE PORTERO PLAÇAIT SES PIONS POUR ASSURER SON AVENIR, J'EUS, DE MON CÔTÉ, DES NOUVELLES DE PLACIDO, L'HOMME QUI M'AVAIT VENDU MA TERRE, ET VOULAIT ASSURER LE MIEN.
C'EST LÀ ?
OUI ! PRESSONS-NOUS JE VOUDRAIS SORTIR DE CE TROU AVANT LA FIN DU JOUR !
NOUS VENIONS JUSTE DE CUEILLIR LES PREMIÈRES FEUILLES POUR LE SÉCHAGE DANS LA CASA DE TABACO QUI LES ATTENDAIT DEPUIS DES SEMAINES...
IL Y A ENCORE TOUTES CELLES-CI À ACCROCHER.
JE NE LES AI PAS ENCORE ATTACHÉES PAR PAIRES...
... MAIS J'AURAI FINI AVANT CE SOIR.
C'EST LUI, LÀ, LE GRAND AVEC LE FOULARD JAUNE.
OK, ON Y VA !
CASTELLANO !
QUI ÊTES-VOUS ? QUE VENEZ-VOUS FAIRE SUR MES TERRES !
C'EST PLACIDO QUI NOUS ENVOIE.
CE N'EST PAS TROP TÔT ! VOUS M'AMENEZ MON TITRE DE PROPRIÉTÉ ?
PLUS OU MOINS...
NOUS TE LE REMETTRONS EN ÉCHANGE DE LA MOITIÉ DE TA PREMIÈRE RÉCOLTE !
APRÈS TOUT CE QUE J'AVAIS VÉCU, J'ÉTAIS ENCORE D'UNE NAÏVETÉ CONFONDANTE...

AH... JE VOIS...
VOUS VOYEZ CE CIGARE ?
OUI.
EH BIEN, DITES À PLACIDO QUE S'IL S'APPROCHE TROP PRÈS DE MA RÉCOLTE...
...JE LE LUI FOURRE SI PROFOND DANS LE FONDEMENT QU'IL LUI RESSORTIRA PAR LA BOUCHE POUR QU'IL LE FUME !
OUCH...
NAÏF, PEUT-ÊTRE, MAIS CERTAINEMENT PAS TROUILLARD !
IL COMMENCE À ME PLAIRE, LE P'TIT DIEGO ! CE SERAIT DONC LUI QUI AURAIT TOUT COMMENCÉ DANS LA VUELTA ABAJO... J'ESPÈRE QU'IL VA NOUS EN RACONTER UN PEU PLUS SUR SON PASSÉ, CAR...
HO, HO...
DES SIRÈNES DE POLICE QUI SE RAPPROCHENT D'ICI...
CE N'EST PAS POSSIBLE ! COMMENT ONT-ILS PU SAVOIR ?
MERDE ! JE ME SUIS FAIT PIÉGER ! CEUX QUI L'ONT TUÉ ONT DÛ ME VOIR ENTRER APRÈS EUX !
C'EST EUX QUI ONT PRÉVENU LES FLICS !
ILS SONT DÉJÀ EN BAS !
JUSTE LE TEMPS DE PLIER BAGAGE !
44

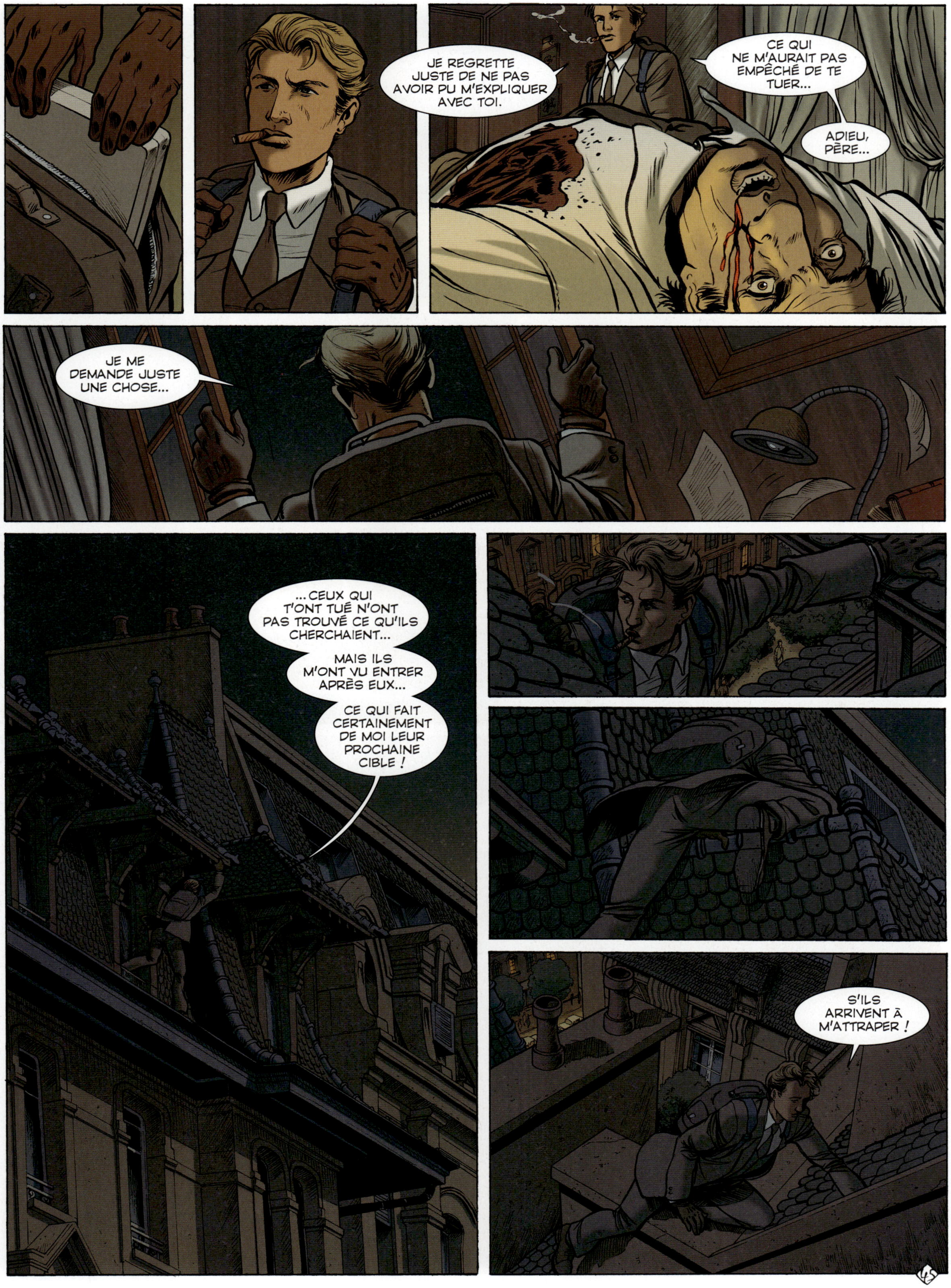
JE REGRETTE JUSTE DE NE PAS AVOIR PU M'EXPLIQUER AVEC TOI.
CE QUI NE M'AURAIT PAS EMPÊCHÉ DE TE TUER...
ADIEU, PÈRE...
JE ME DEMANDE JUSTE UNE CHOSE...
...CEUX QUI T'ONT TUÉ N'ONT PAS TROUVÉ CE QU'ILS CHERCHAIENT...
MAIS ILS M'ONT VU ENTRER APRÈS EUX...
CE QUI FAIT CERTAINEMENT DE MOI LEUR PROCHAINE CIBLE !
S'ILS ARRIVENT À M'ATTRAPER !

ANTOINE CHATEL !
C'EST LA POLICE !
NOUS SAVONS QUE VOUS ÊTES LÀ !
OH, MON DIEU !
IL A TUÉ CHARLES PORTER !
IL S'EST ENFUI PAR LES TOITS !
BOUCLEZ LE QUARTIER, LES GARES ET L'AÉROPORT !
ET LANCEZ UN AVIS DE RECHERCHE CONTRE ANTOINE CHATEL POUR LE MEURTRE DE CHARLES PORTER !
CET ASSASSIN NE DOIT PAS NOUS ÉCHAPPER !
FIN DE L'ÉPISODE.